JN189354

ぼうけんはバスにのって

いとうみく 作
山田 花菜 絵

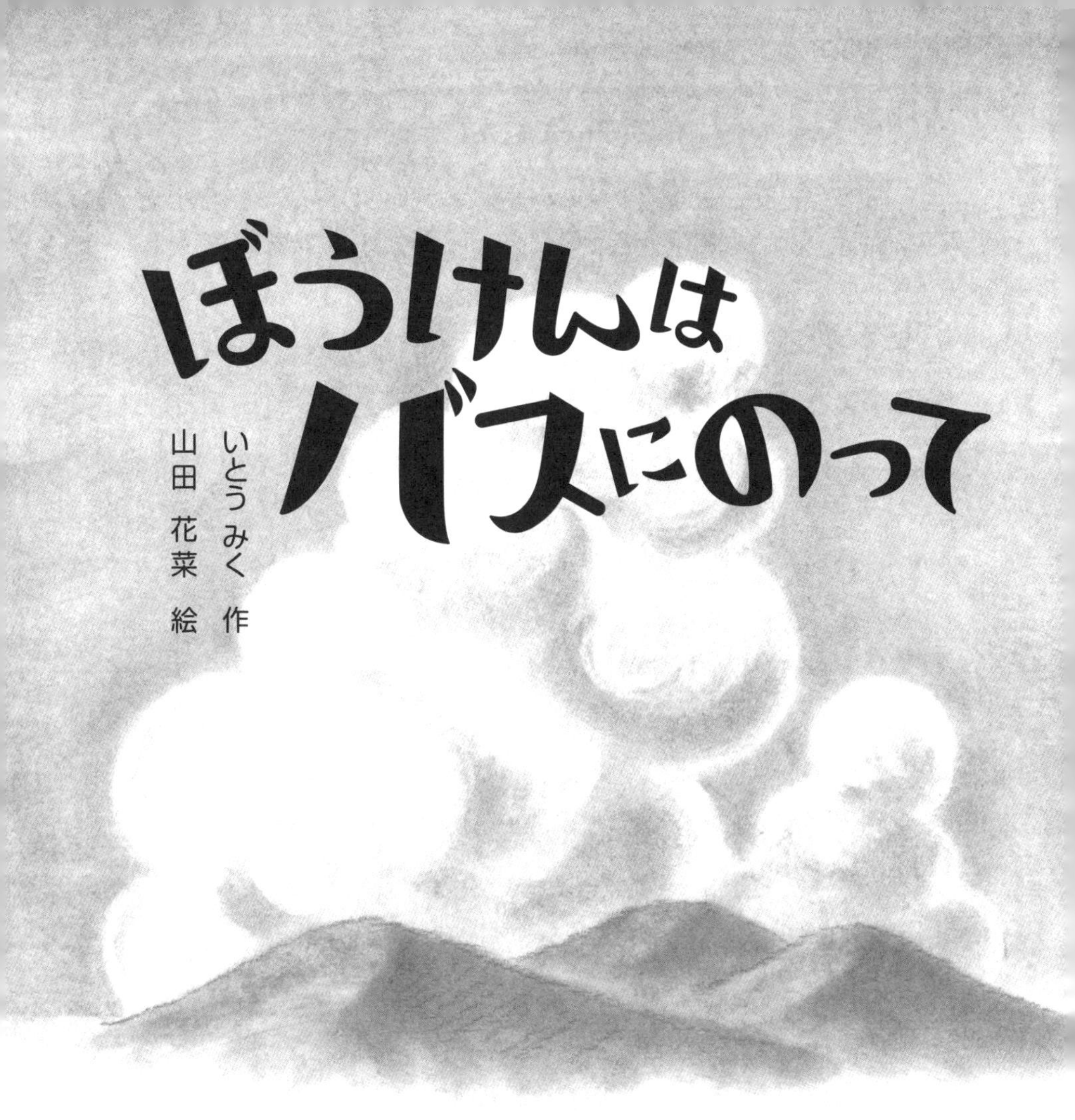

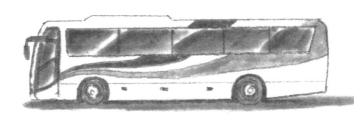

ひゃっほーい！
ビッグニュースだ！
なんと　なんと、この夏《なつ》休《やす》み、
ぼくは　ひとりで、
やまなしの　ばーちゃんちへ
行《い》くことになった。

毎年《まいとし》、夏休《なつやす》みになると、ぼくと　ねえちゃんは、
やまなしの　ばーちゃんちへ　行《い》く。

なのに！

ねえちゃんってば、

「今年《ことし》は　じゅくが　あるから　行《い》かない」

なんて、いきなり　いいだすんだ。

夏休《なつやす》みの　三日《みっか》まえだよ、三日《みっか》まえ。

「べんきょうと　ばーちゃんち、
どっちが　だいじ⁉」って
いったら、
「べんきょうに
きまってるでしょ！
あたしは　じゅけんせいなの」
って、ばっさり　きられた。
ねえちゃんは、来年《らいねん》、

ちゅうがくじゅけんって
いうのを　するんだって。
「なら、ぼく　ひとりで
行《い》くから　いいよ」
そういったら、
こんどは　おかあさんが
「ダメ！」だって。
むき～!!

ねえちゃんのせいだ。
ねえちゃんのせいで、
楽《たの》しい　夏休《なつやす》みが　だいなしだ！
ぼくは　ものすごく　むかついた。
カブトムシ、つかまえようと　おもってたのに。
じーちゃんが、つりに　つれていってくれるって
いってたのに。
山《やま》に　のぼったり、川《かわ》で　およいだり、はたけの

おてつだいだって、するはずだったのに。

なのに……。

こうなったら、

ぜったいに　ぜったい、

いっしょう、だれとも

しゃべってやんないんだ！

ぼくは　みんなに　せんげんして、

ベッドに　もぐりこんだ。

「タク」

ねえちゃんの　声《こえ》で　目《め》が　さめた。

「おとうさん、シュークリーム
買《か》ってきたって。食《た》べる？

食《た》べないなら
あたし　食《た》べちゃうよ」

「食《た》べる！」

とびおきると、ねえちゃんが

にやっと　わらった。

「ほら、しゃべった」

ひきょーものっ。

むすっとしたまま、シュークリームを
食《た》べていると、おとうさんが　いった。
「タク、ひとりで　行《い》ってみるか？
やまなしの　ばーちゃんち」
「ちょっと、なに　いってるの！　タクは
まだ　二年生《にねんせい》よ、ひとりでなんて」
おかあさんは　目《め》を　さんかくにしたけど、
おとうさんは　にっこり　わらった。

「だいじょうぶだよ。こうそくバスの
ていりゅうじょまで　ばーちゃんが
むかえにきてくれるって　いうし、
のりかえも　ないんだから」
ぼくの　あたまのなかに、ぱんぱんぱ〜んって、
花火《はなび》が　あがった。
「行《い》く！　ぼく　ひとりで　行《い》けるよ！」

しゅうぎょうしきが　おわると、ぼくは
ダッシュで　家《いえ》に　かえってきた。
しゅっぱつは　あしただ。
にもつは　きのうの　うちに、ぜんぶ
つめたけど、もういちど　ぜんぶ　だして、
わすれものが　ないか　たしかめた。
パンツ、T《ティー》シャツ、ズボン、ぼうし、
それから……。

「あんた　ずるいよねー」
いつのまにか、ドアのよこに
ねえちゃんが　立《た》っていた。
きのう　買《か》ってもらった、
ぼくの　空《そら》色《いろ》の　ケータイを
にらんでいる。
「ずるくない」
ケータイは、おかあさんが

買《か》ってきたんだもん。ばーちゃんちまで、
ひとりで　行《い》くのに　れんらくが
とれないと　しんぱいだからって。
「ひとりで　行《い》くっていったって
こうそくバスだよ。ただ　のってれば
いいだけじゃん。おかあさんってば、
あまいんだから」
ぼくは　ちょっと　むっとした。

「ねえちゃんだって　もってるじゃん、ケータイ」
「あたしは　じゅくで　帰《かえ》りが　おそくなるから。
それに　六年《ろくねん》になってからだからね」
ねえちゃんは　うでを　くんだ。
「な、なら、ねえちゃんが　いっしょに　行《い》けば
よかったんだよ、ばーちゃんち」
ぼくが　いうと、「あたしは　ひまじゃないの」
って、じゅくへ　行《い》っちゃった。

朝《あさ》から　ぴかぴかの、いい天気《てんき》。
「おとーさーん」
げんかんから　よんだ。
こうそくバスの
ていりゅうじょまで、
おとうさんが
おくってくれるんだ。
「おとうさん、まだ　トイレだよ」

ねえちゃんが
へやから　でてきた。
「ええええええ」
「あんたが　早《はや》すぎるんだよ」
そういって、ねえちゃんは
「ん、これ」って、
小《ちい》さな　きんちゃくぶくろを
ぼくに　さしだした。

「なに？」

「まあ、おまもりみたいなもん」

「ぼくに？」

「なんか　あったら　あけてみな」

「なんか　あったらって？」

「もー、うるさいな。いいから　リュックに
入《い》れておきな。いま　見《み》ちゃダメだからね」

うんって　いいながら、こっそり　ふくろの

口《くち》を　あけようとしたら、
ぱちって　あたまを　たたかれた。
ぼーりょく、はんたーい！

大通《おおどお》りの　わき道《みち》にある、
きゅうな　かいだんを　のぼって、
てつの　とびらを　あけると、
広《ひろ》い　どうろが　ある。
そのてまえに、ぽっかり
しまみたいに　なっているのが、
こうそくバスの
ていりゅうじょだ。

「だれも　いないね」
「しんじゅくから
のる　人《ひと》が
大半《たいはん》だからなぁ」
おとうさんは、ぼくの　あたまに
手《て》を　のせた。
どうろを、びゅんびゅん
車《くるま》が　走《はし》りぬけていく。

「バスの　チケット、もってるな」

「うん」

ぼくは　おしりの　ポケットを　二《に》ど、
ぱんぱんと　たたいた。

「どこで　おりるか　わかってるか」

「ナガサカタカネ」

きのう、おかあさんに　なんども　きかれて、
なんども　こたえたから、ばっちりだ。

「よし。ケータイは……」
ぼくが　首《くび》から　下《さ》げているのを　見《み》て、
おとうさんは「なくすなよ」って　うなずいた。

おとうさん、しんぱいなのかな。
おかあさんには、
「だいじょうぶさ！　オレは
タクなら　できるって　しんじてる」
なんて　いってたのに。
「来《き》た、あれだ」
おとうさんの　声《こえ》に　かおを　むけると、
大《おお》きな　バスが　ちかちかと

ウインカーを　だしながら、
ていりゅうじょに　すべりこんできた。

しゅーっと　バスの　ドアが　ひらいた。
きゅうに　しんぞうが、どきどき　いいだした。
ぼくは　ごくりと　つばを　のんで、
ポケットから　チケットを　とりだした。
「タク」
バスの　ステップに　足《あし》を　かけたまま、
ふりかえったら、おとうさんが　親《おや》ゆびを　立《た》てて、
にっと　わらった。

なんか、ちょっと　かっこいい。
ぼくは　大《おお》きく　うなずいて、
ステップを　上《あ》がった。

ぼくの　せきは、五《ご》れつめの　まどがわだった。
となりは　いない。
すわった　とたん、ほんとうに
ひとりなんだって、おもった。
バスが　うごきだす。
せなかの　リュックを　ひざに　のせて、
ぎゅっと　だきしめた。

バスは　びゅんびゅん
走《はし》っていく。
まどのそとを
見《み》ると、大《おお》きな
ビルや　工場《こうじょう》が
パラパラマンガみたいに
かわっていく。
だんだん　大《おお》きな

たてものが
なくなって、
赤《あか》や　みどりや
青《あお》の　やねが
いっぱいに　なる。
そのあいだに
はたけも
見《み》えてきた。

「ねえ、ぼく、ぼく」
へ？　と、よこを　むくと、つうろの　むこうに
すわっている　おばあさんと　目《め》が　あった。
たんぽぽの　わたぼうしみたいに、まっ白《しろ》な
かみの毛《け》をしている。
ぼくって、ぼくのこと？
人《ひと》さしゆびで、はなのあたまを　ゆびさすと、
おばあさんは　にっこりした。

「アメ　食《た》べる？」
おばあさんは、
小《ちい》さな　ふくろを
ぼくに　むけた。
こくんと　うなずくと、
おばあさんは
うれしそうに　わらって、
手《て》を　のばした。

「すきなの　とって」
ふくろのなかには、
いちごや　ぶどう、
みかんの　アメが
いくつも　入《はい》っていた。
そのなかから、
ぶどうの　アメを
ひとつ　つまんで、

「ありがと」って
口《くち》のなかで　もごもご　いった。
知《し》らない人《ひと》と　はなすのは、どきどきする。
ねえちゃんは　ぼくのことを、
「うちべんけい」って　いつも　いう。
「家《いえ》では　いいたいこと　いう　くせに、
外《そと》では　からっきしなんだから」って。
あたっているけど、いわれたくない。

「ぼく、ひとり？」

うん、と　うなずいた。

「えらいねぇ。何年生《なんねんせい》？」

二本《にほん》、ゆびを　立《た》てた。

「二年生《にねんせい》？　それは　たいしたもんだわ」

えっ⁉

おばあさんに　いわれて、
ぼくは　ちょっと、どきっとした。

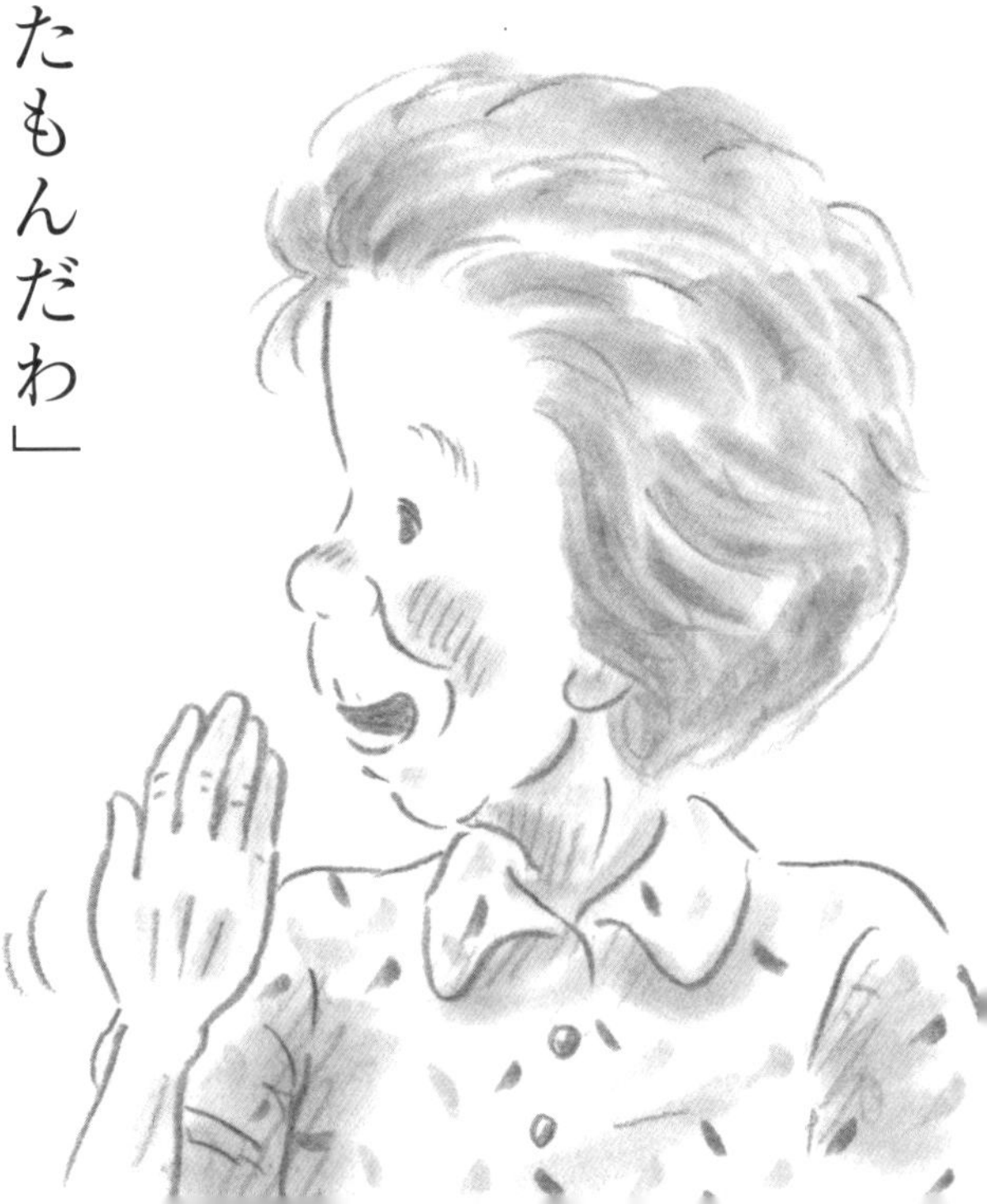

そうだ。ぼくは　ひとりで
ばーちゃんちに　行《い》くんだ。
ねえちゃんだって、
ひとりでなんて
行《い》ったことが　ない。
六年生《ろくねんせい》なのに。
そうおもったら、うれしくって、
はなが　ぴくぴくした。

しばらくすると、バスは　スピードを
おとして　とまった。
ていりゅうじょだ。
となりのせき、だれも　来《こ》ないと　いいな、
とおもっていたら、太《ふと》っちょの　男《おとこ》の人《ひと》が
となりに　どっかと　すわった。
むんと　空気《くうき》が　あつくなって、
太《ふと》いうでが　ぼくの　せきに　はみだしてきた。

いやだなぁ。
ぼくは、まどがわに
からだを　よせた。
バスが　走《はし》りだすと、
おにいさんは　ヘッドホンを
耳《みみ》に　あてて、
レジぶくろから
ハンバーガーを　二《に》こと

おにぎり　三《みっ》つ、バナナ
一本《いっぽん》を、つぎつぎに　だして、
あっというまに　たいらげた。
とどめは、ポテトチップスだ。
あぶらっこい　においと、
あまったるい　におい。
　へんてこな　においが、
ぼくの　まわりに　むんむんしている。

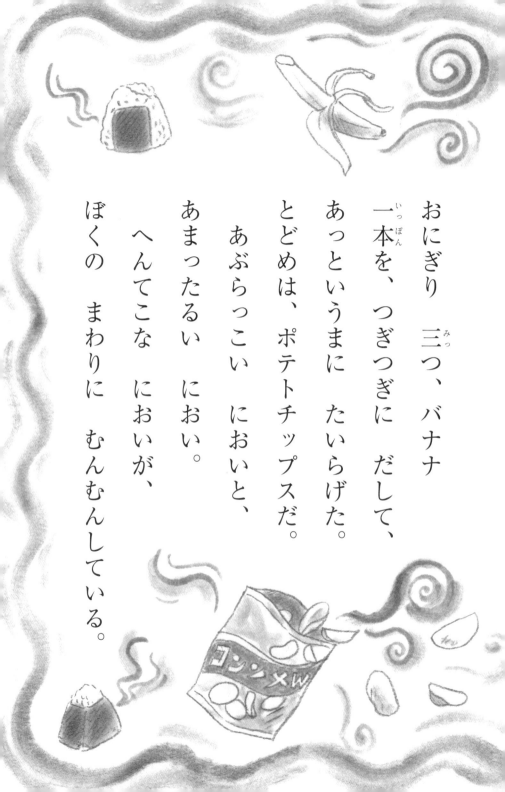

き、き、きもちがわるくなってきた。
ぼくは　きんぎょみたいに、
口《くち》を　ぱくぱくして、リュックを　あけた。
すいとう、すいとう！
つめたい　麦茶《むぎちゃ》を　ごくごく　のむと、
ほんの　ちょっとだけ、すっきりした。
こういうときは、ねむっちゃうのが
いちばんなんだけど、

今日《きょう》は　ねるわけにはいかない。
だって、ねているうちに、
ナガサカタカネを
とおりすぎちゃったら、
たいへんだもん。
ぼくは　麦茶《むぎちゃ》を　三《さん》ばい
のんで、まどガラスに
おでこを　おしつけた。

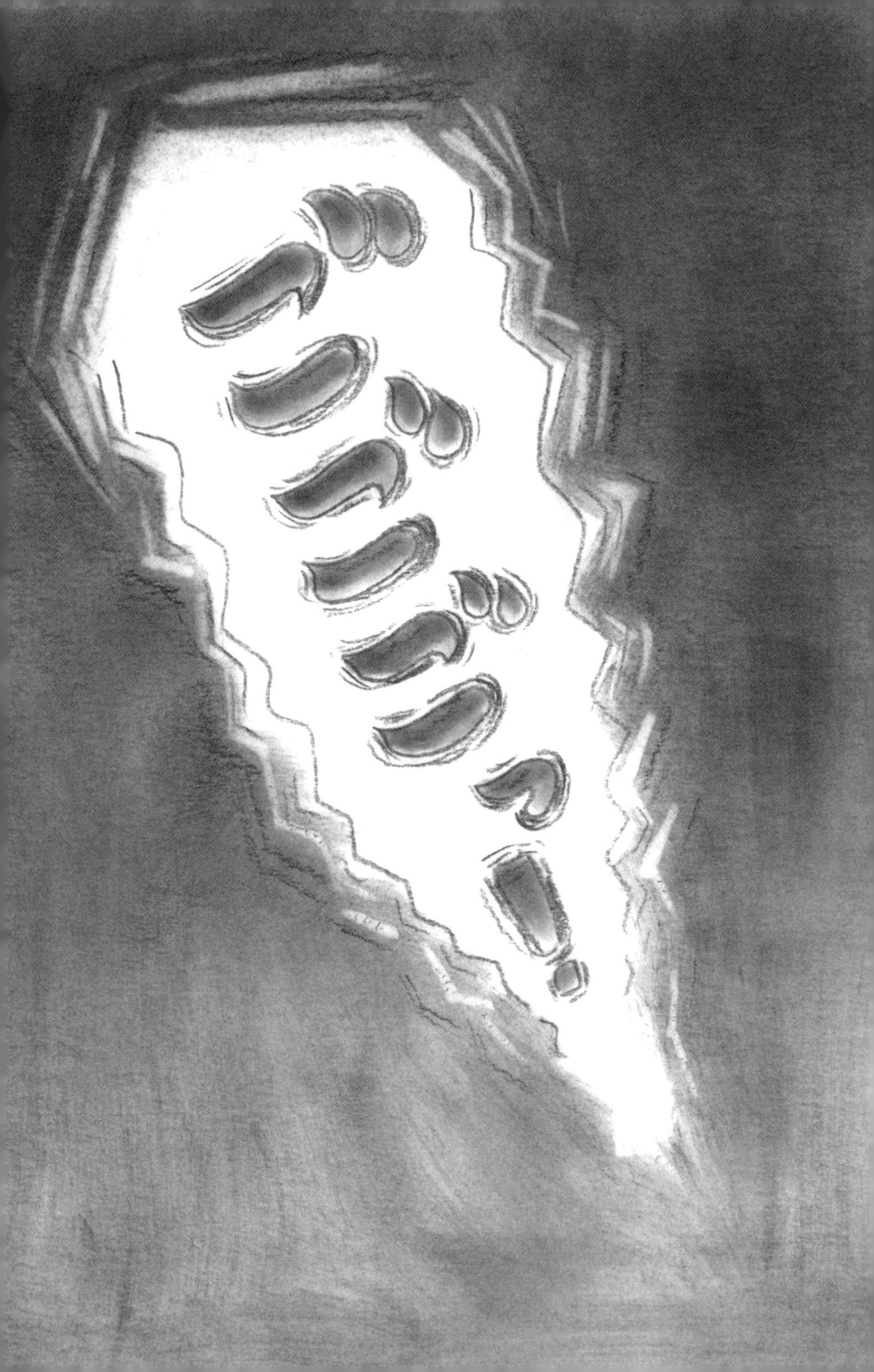

かいじゅうの
声《こえ》みたいな　音《おと》で、
はっとした。
いまの　なに？
ぼくが　かたまっていると、
となりから　また、ごごご！
って、すごい　音《おと》がした。
おにいさんの　いびきだ。

はぁぁぁ、と　ためいきを　ついて、
まどのそとに　かおを　むけた。
ぼくは　びっくりした。
みどりだ。
まどのそとは　こんもりとした　山《やま》が、
いくつも　いくつも　つながっている。
さっきまでの　けしきとは、
ぜんぜん　ちがう。

……って、うそ。ぼく、ねちゃってたの⁉

おなかのおくが、ひゅっとした。

もしかしたら、ナガサカタカネ、
とおりこしちゃったかもしれない。

どうしよう。

のどに　大《おお》きな　かたまりが
つまったみたいに　くるしくなって、
はなが　つんとした。

そうだ！
ぼくは　首《くび》から
下《さ》げている　ケータイを
にぎった。
おかあさんに　きけば、
きっと　おしえてくれる。
じゅわきマークに
ゆびを　あてた。

あれ？
なんにも　きこえないし、ライトも　つかない。
なんで？
もういちど　おしてみた。かるく　おしたり、
長《なが》く　おしたり、なんども　おしてみた。
けど、ぼくの　ケータイは
しんじゃったみたいに、うごかない。
どうして？

――タク、ケータイ　じゅうでんしておくのよ。

おかあさんに　いわれて、ぼく　ちゃんとしたよ。したもん。……もしかして、コンセントに　ちゃんと入《はい》っていなかった？

あのとき、テレビがはじまっちゃうって、あせってて。

あー、ばか、ぼくの　ばかばか、ばかぁ！
ぼろっと　なみだが　でてきた。
どうしよう。
ねえちゃんだったら、こんなときは
だれかに　きく。うじうじしてないで、
はきはきと　大《おお》きな　声《こえ》で。
だけど、ぼくは　知《し》らない人《ひと》に
はなしかけるなんて　できない。

できっこないもん。
リュックを　ぎゅっと　だきしめた。

——なんか　あったら　あけな。

そうだ、ねえちゃんの　ふくろ！
リュックから　とりだして、
ふくろのなかを　見《み》た。

「ゆうしゃのメダル！」

子《こ》ども会《かい》の　きもだめし大会《たいかい》で、ゆうしょうした
チームが　もらえる　金《きん》色《いろ》の　メダル。
きょねん、ゆうしょうしたのは、
ねえちゃんたちの　チームで、ぼくは
このメダルに　ずっと　あこがれてたんだ。

メダルと　いっしょに、
小《ちい》さな　紙《かみ》が　入《はい》っていた。

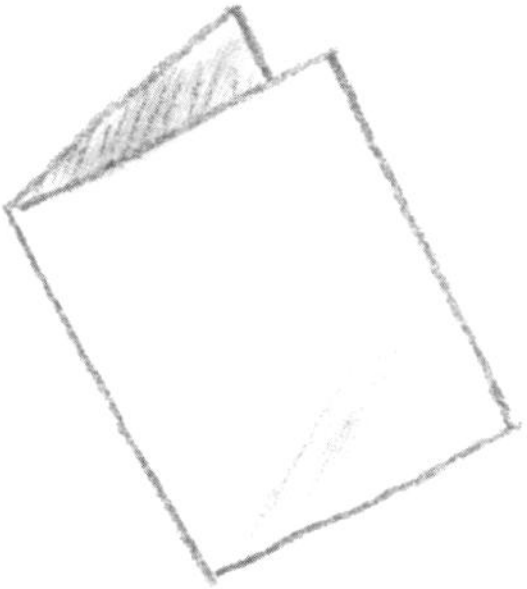

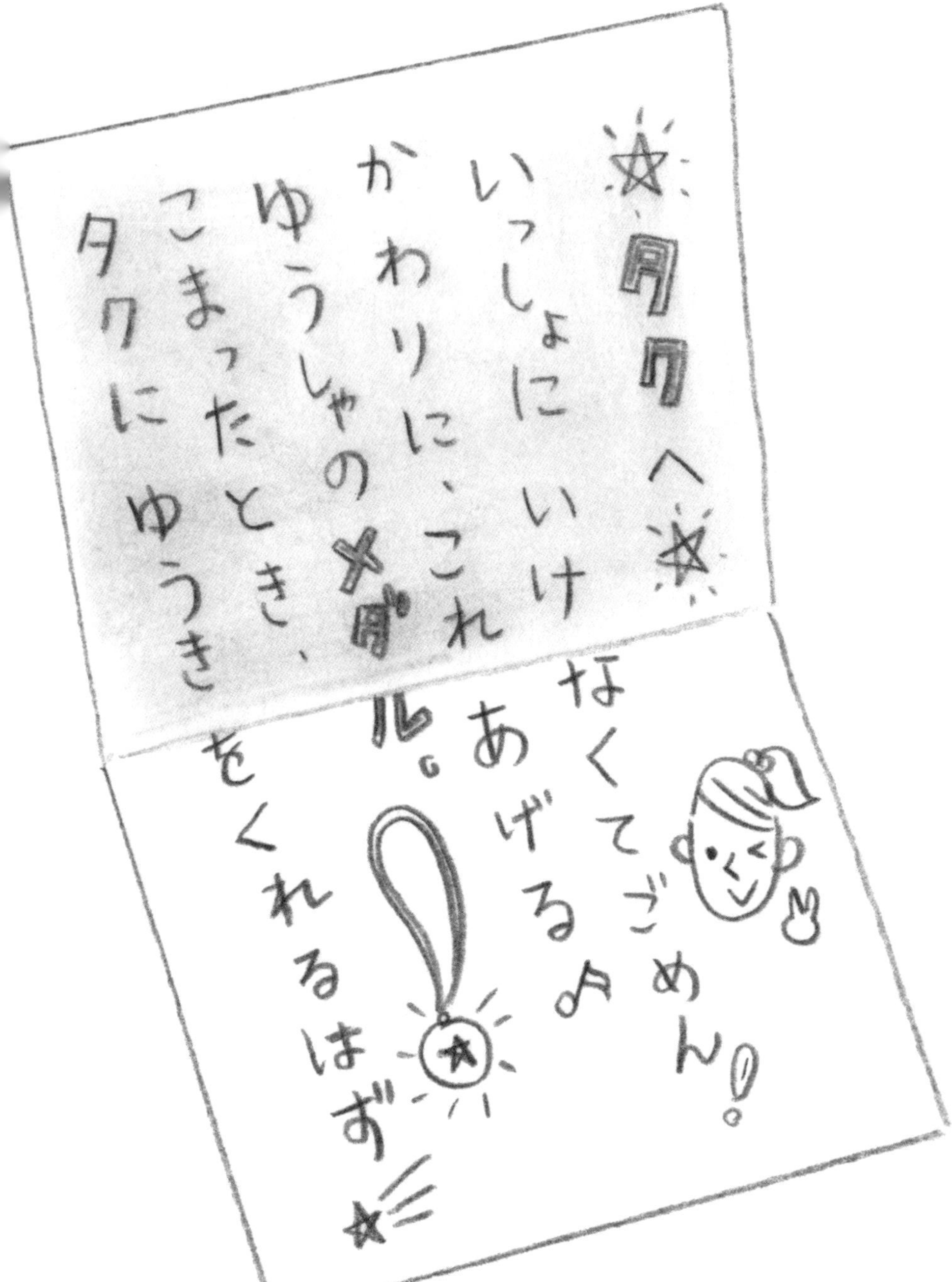
☆タクへ☆
いっしょにいけなくてごめん!
かわりに、これあげる♪
ゆうしゃのメダル。
こまったとき、
タクにゆうきをくれるはず☆

ぼくは　ゆうしゃのメダルを　首《くび》から　下《さ》げた。
となりを　見《み》ると、おにいさんは
まだ　ねている。
でも、おにいさんに
せきを　どいてもらわないと、
うんてんしゅさんの
ところまで　行《い》けない。
「あ、あの」

おにいさんは、 おきない。
そでを ひっぱってみたけど、
ぜんぜん おきてくれない。
ゆうしゃのメダルに 手《て》を あてた。
大《おお》きな 声《こえ》で いわなきゃ。
すーっと いきを すった。
「おきてくださーい」

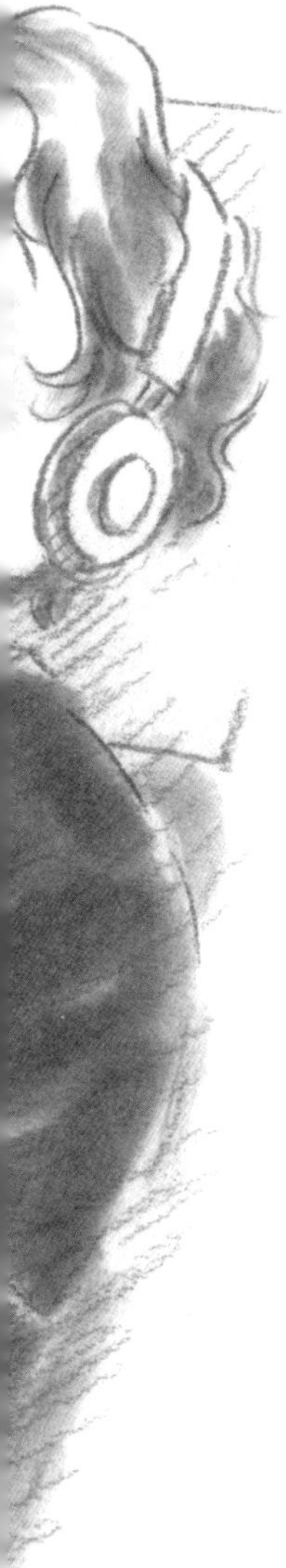

おにいさんの　目《め》が　ぱちって　ひらいた。
ぼくは　ごくんと　つばを　のんだ。
「う、うんてんしゅさんの　ところに
行《い》きたいから、どいて」
声《こえ》が　だんだん　小《ちい》さくなる。
おにいさんは　大《おお》きな　あくびをして、
ぼくを　ぎろって　にらんだ。
こわい。

「バスが　走《はし》ってる　あいだは、
すわってたほうが　いいよ」
「で、でも、ナガサカタカネが」
声《こえ》は　どんどん　小《ちい》さくなる。
「ん？　なに？」
ぼくは　きんちょうして、
おしっこを　ちびりそうになった。
「おりるとこ、すぎちゃったかもしれないから」

「まじ？　え、どこで　おりるんだったの？」

おにいさんは、そういって　ケータイを
とりだして、その上《うえ》で　ゆびを　うごかした。

「ナガサカタカネだったっけ、まだ　さきだよ」

「ほんとに？」

「ほんと。あ、すげー　見《み》てみな」

おにいさんが　ゆびを　さした　さきを　見《み》ると、
まどのむこうに　大《おお》きな　山《やま》が　あった。

「富士山《ふじさん》だ！」

「ラッキーだったな、

はれてて」

「おつかれさまでした。まもなく
フタバサービスエリアに
とうちゃく　いたします。
ここで　十五分《じゅうごふん》の
きゅうけいを　とります」
うんてんしゅさんの
アナウンスが　きこえて、
バスは　スピードを　おとした。

おにいさんも、
まえのせきの　人《ひと》も
うしろのせきの　人《ひと》も、
みんな　ぞろぞろ
バスを　おりていった。

おかあさんに、「とちゅうで
おりちゃ　だめよ」って　いわれてる。
しゅっぱつの　時間《じかん》に　おくれたら
おいていかれちゃうからって。
だけど、ちょっとくらいなら。トイレにも
さっきから　いきたかったんだ。
バスの　時計《とけい》を　見ると、きゅうけい時間《じかん》は
まだ　十分《じっぷん》いじょう　ある。

「このくらい、ぼくだって
できるもん」
おりたところで、バスを
かくにんした。
白《しろ》に 赤《あか》いせんの
入《はい》った バス。
まわりに 大《おお》きな バスは
ないから、まちがえっこない。

「あーすっきりしたー」
トイレから　でて、ぐっと　のびをした。
お店《みせ》のほうから、カレーの　においがして
おなかが　なった。
ばーちゃんに、今日《きょう》の　夜《よる》ごはん、
カレーにしてもらおっと！
バスに　もどろうとしたとき、
となりのせきの　おにいさんを

みつけた。
手《て》に　レジぶくろを
たくさん　さげて、
お店《みせ》のなかに　入《はい》っていく。
バスに　行《い》かないと、
おくれちゃうのに。
ぼくは　あわてて、おにいさんの
あとを　おいかけた。

お店《みせ》のなかは　すごく　こんでいる。
「おにいさん」
スナックコーナーで　おいついたとき、
どきっとした。
ちがう。あのおにいさんじゃない。
「あっ！」
お店《みせ》の　時計《とけい》を　見《み》て、
目《め》のまえが　まっくらになった。

しゅっぱつ時間《じかん》まで、あと一分《いっぷん》。

あわてて　お店《みせ》を　とびだした。
バス、バス、バス！
まって！　おいてかないで！
ぼくを　おいてかないで！

ちゅうしゃじょうの、
いちばん
はしっこまで

来《き》たとき、
足《あし》が　とまった。
さっきは
一台《いちだい》しか
とまっていなかった
バスが、何台《なんだい》も
とまっている。

ぼくの　バスは、白《しろ》に　赤《あか》のせんが　入《はい》ったやつ。
って、どれも　同《おな》じに　見《み》える。
じわっと　あせが　ながれる。
バスが　わかんない。
どきどきして、あついはずなのに、
せなかが　さむくなった。

ぼく、ひとりぼっちで、
ずっと　ここに　いることに　なるの？
やだ。そんなの　やだ。
ぜったい　やだ。
大《おお》きく　いきを　すいこんだ。
「ぼくの　バスは、どれですか――！」

いっしゅん、まわりの　うごきが　とまって、
それから、ざわっと　空気《くうき》が　うごいた。
すぐそばにある　バスから、せいふくを　きた
うんてんしゅさんが　おりてきた。
むこうの　バスからは、バスガイドさんが
歩《ある》いてくる。
バスに　のっている　おきゃくさんたちも、
まどから　ぼくを　見《み》ている。

そのとき……。
「おーい　おーい」
きいたことのある
声《こえ》に　かおを　上《あ》げたら、
むこうのバスで、
おにいさんが
手《て》を　ふっている。
「こっちこっち」

うんてんしゅさんが　まどから　かおを　だした。
あ、ぼくの　バス。
まっててくれた。
いってなかった。
「あっちの
バスじゃない⁉」
知《し》らない人《ひと》たちが、ぼくに　いう。
「ほら、むこう　むこう」

みんな、よかった　よかったって、
にこにこしている。
「ありがと」
ぼくは、ちょっと
なきそうになって　かけだした。

きこえたかな、ありがとって。
きこえてたら　いいな。

フタバサービスエリアから、
ナガサカタカネまでは、あっというまだった。
アナウンスが　ながれて、ぼくは
せのびをして　ブザーを　おした。
ざせきに　あさく　すわって、
リュックサックを　せおう。
もうすぐ　ゴールだ。
「つぎで　おりるの？」

「うん。ばーちゃんが
むかえにきてくれるの」
「そっか、なら　あんしんだな」
目《め》が　あうと、
おにいさんは　にこっとした。
ぼくは　リュックから
キャラメルを　ひとつ　だして、
おにいさんに　あげた。

バスが　すーっと　左《ひだり》の　しゃせんに　よって、
スピードを　おとしていく。
おにいさんが「これサンキュー」って
せきを　立《た》って、ぼくを　だしてくれた。
「ありがと」
つうろに　でると、アメの　おばあさんが、
「はい」って、みかんの
アメを　くれた。

「たのしい　夏休《なつやす》みをね」

「うん、ありがと」

ぼくは、ばいばいって

手《て》を　ふった。

顔《かお》を　上《あ》げると、うしろの

せきの　おばさんたちも、手《て》を　ふっていた。

ちょっと　てれくさかったけど、

ぼくは　むねのまえで　小《ちい》さく　手《て》を　ふった。

うんてんしゅさんに　チケットを　わたして、
ステップを　おりた。
「タクちゃん！」
「ばーちゃん！」
ぼく、来《き》たよ。
ひとりでだけど、
ひとりじゃない
バスに　のって。

ばいばーい
走《はし》っていく　バスに、
ぼくは　大《おお》きく　手《て》を　ふった。

作者　いとう みく

神奈川県生まれ。『糸子の体重計』（童心社）で第46回日本児童文学者協会新人賞、『空へ』（小峰書店）で第39回日本児童文芸家協会賞を受賞。おもな作品に『ねこまつりの しょうたいじょう』（金の星社）、『かあちゃん取扱説明書』（童心社）、『チキン！』（文研出版）『ひいな』（小学館）などがある。全国児童文学同人誌連絡会「季節風」同人。

画家　山田 花菜（やまだ かな）

神奈川県生まれ。日本児童教育専門学校絵本創作科卒業。ふたりの男児の子育てに奮闘しながら、児童書を中心に創作活動をおこなっている。「まじょもりの こまじょちゃんシリーズ」『ガール！ ガール！ ガールズ！』（ポプラ社）、『ビリーのすてきなともだち』（教育画劇）、『はなちゃんは おえかきやさん』（すずき出版）ほか。

装丁デザイン　グラフィオ

ぼうけんは バスにのって

初版発行　2018年9月

作　者　いとう みく
画　家　山田 花菜

発行所　株式会社 金の星社
〒111-0056 東京都台東区小島1-4-3
電話 03-3861-1861（代表）　FAX 03-3861-1507
振替 00100-0-64678　http://www.kinnohoshi.co.jp

印　刷　広研印刷 株式会社
製　本　東京美術紙工

NDC913　96P　22.0cm　ISBN978-4-323-07423-8
©Miku Ito & Kana Yamada 2018
Published by KIN-NO-HOSHI SHA,Tokyo, Japan.
乱丁落丁本は、ご面倒ですが、小社販売部宛てにご送付ください。
送料小社負担にてお取り替えいたします。

JCOPY 出版者著作権管理機構 委託出版物
本書の無断複写は著作権法上での例外を除き禁じられています。複写される場合は、そのつど事前に
出版者著作権管理機構（電話 03-3513-6969、FAX 03-3513-6979、e-mail:info@jcopy.or.jp）の許諾を得てください。
※本書を代行業者等の第三者に依頼してスキャンやデジタル化することは、たとえ個人や家庭内での利用でも著作権法違反です。